MENTIRA

DE

POETA

(DIVÁN: LAS PALABRAS Y LAS COSAS)

Miguel Ángel Bribiesca Acevedo

Diseño de portada: Axel Gael Toriche Silva

Contenido

PRESENTACIÓN

El trabajo que cotidianamente realizo no está emparentado directamente con el estudio teórico o la difusión de la literatura: yo me ocupo de enseñar italiano a jóvenes universitarios. Comienzo la presentación del libro de poemas del Mtro. Miguel Ángel Bribiesca Acevedo "Mentira de poeta[1]" con esta *advertencia*, porque quiero enfatizar la sorpresa que me significó que el autor me pidiera que introdujera a sus lectores las poesías aquí contenidas. Para mí es un gran honor y un gran gusto, aunque estoy seguro de que Bribiesca pudo haber seleccionado a alguien más competente que el firmante para esta encomienda[2].

La vida me ha enseñado que las necesidades básicas del ser humano son: moverse, comunicarse, crear, creer y competir. Las cuatro primeras nos llevarían a convivir con nuestros congéneres y con la naturaleza de manera constructiva; la última, en ocasiones, nos conduce a

---

[1] En sustancia, en estas poesías no está contenida ninguna mentira; doy fe de ello.

[2] En realidad, esta tarea me fue impuesta por una "venganza personal" del autor de estas poesías. Hace un par de años yo le solicité que presentara un libro del cual yo fui coautor para que, desde su campo de acción profesional, hiciera comentarios y críticas. Me prometió "hacérmela pagar" y en eso estoy.

acciones poco elogiables. Todos los seres humanos realizamos de diferentes maneras esas labores y entonces nos encontramos con una sociedad donde la división del trabajo nos lleva a complementarnos mutuamente. Hay mucho qué decir sobre cada uno de esos conceptos, pero éste no es el lugar ni el momento.

En cuanto a la necesidad cotidiana de comunicarnos, cada uno lo realiza con un lenguaje diferente: llevamos nuestro mensaje a través de nuestro trabajo consuetudinario; escuchamos, hablamos, leemos y escribimos a través de medios muy variados para estar en contacto con el mundo; nuestro rostro y nuestro cuerpo reaccionan, a veces sin darnos cuenta, a partir de los mensajes que recibimos. Pero también existen otros lenguajes menos ordinarios para expresar nuestros sentimientos y nuestros pensamientos y entonces surgen los artistas. Hay quien baila y a través del movimiento corporal que sigue una música nos platica una historia; hay quien pinta y con sus colores y sus formas inmortaliza una mirada o un paisaje; hay quien canta y con su voz musicalizada nos traslada a contextos internos o externos de nuestro ser. Pero también hay quien escribe, los poetas y los escritores y con sus palabras nos... ¿nos qué...? ¡Nos...muchas cosas! Porque no todos los escritores ni poetas siguen una línea para, con palabras, comunicar lo que sienten y lo que piensan. Existen poetas (me centraré en los poetas) que con palabras exquisitas y refinadas tratan sobre las cuestiones más altas que el ser humano ha tratado de resolver a lo largo de su estancia en el universo y dirigen su mensaje a los públicos más elevados: qué es el alma, por qué elegimos este aquí y este ahora, qué es la libertad, cómo trascender más allá de la vida biológica; otros prefieren narrar las historias y los hechos cronológicos de la humanidad en sus diferentes tiempos y contextos y nace la poesía épica, surgen las leyendas, se escriben las narraciones y hasta las canciones que relatan lo que el hombre ha hecho; hay quien se concentra en la expresión de los sentimientos y con ritmos muy variados nos comparten alegrías y tristezas, esperanzas y decepciones, dudas y certezas, optimismo y pesimismo. Todos estos poetas dejan su palabra escrita y permiten que la historia vaya conociendo y recogiendo todo lo que los humanos vivimos en nuestro intrincado paso por este mundo; pero también hay poetas que no escriben para los otros, sino para ellos mismos y de una manera críptica y misteriosa apenas nos permiten escudriñar e hipotetizar sobre las vivencias que se esconden en sus versos. Los poetas, así, nos informan, nos narran, nos comunican, nos emocionan, nos hacen sentir, nos hacen pensar, nos hacen sonreír, nos entristecen, nos alegran, nos dan esperanza, nos trasladan al pasado y al futuro, nos permiten entrar en nosotros mismos, nos hacen creer en la belleza y buscarla, nos hacen sentir vivos.

Como fácilmente se podrá notar, yo no soy un literato, pero gozo de la belleza de la poesía y ese gusto me fue sembrado desde niño: antes, me deleitaba con la musicalidad de las palabras y me maravillaba cuando entraba a su significado; después, hacía propias las experiencias del poeta y en ellas vivía mis propios desvaríos y mis perspectivas de vida; en otro momento, el poeta me ha llevado a contrastar conmigo mismo mis creencias y mis valores. Leer a Bribiesca me ha llevado a todo esto, me ha permitido tener un interlocutor que, jugando con el lenguaje y con sus mensajes, le ha dado voz a mis pensamientos y a mis sentimientos.

Charlar con estos poemas no ha sido cosa fácil. No estoy apuntando a la claridad del mensaje ni a la suavidad de los versos: me refiero a la agudeza, no priva de belleza, con la que Bribiesca me ha hecho pensar y sentir con sus palabras.

Leer poesía en el siglo XXI tiene que significarnos no sólo conocer los eventos cronológicos contenidos en los periódicos ni, con palabras enigmáticas, presentarnos los más altos pensamientos del ser humano, como si la poesía fuera privilegio de poca gente, de los grandes lectores, de los académicos. Leer poesía, aquí y ahora, debería permitirnos, a todos quienes creemos saber leer y escribir, cuestionarnos con belleza respecto a cuál es nuestro lugar en el mundo, cuáles son nuestros compromisos con lo interno y con lo externo, descubrir nuestras armas para vencer nuestros miedos y nuestras decepciones, darle alas a los sentimientos más nobles para que alcen el vuelo y vislumbren desde lo alto sus nidos y sus caminos.

Dice el autor de estas poesías que él no escribe poesía, que no sabe escribir nada, que son las palabras las que lo eligen a él y que, entonces, se convierte en el instrumento de ellas para que puedan cantar y él, en aparente pasividad, les permite formar abanicos de belleza que permean en cada uno de estos poemas. Nosotros, como lectores, podemos estar ahí, en aparente inmovilidad, permitiendo que cada palabra-pensamiento-saeta nos atraviese con su belleza para generar sentimiento, reflexión, emoción, propuesta. No es cierto que Bribiesca no escriba nada. Con sus palabras saca agua del pozo y la deposita como pequeños diamantes en las corolas de las flores; hace volar las abejas azules sobre nuestros propios mares donde somos náufragos rodeados de miedos y de omnipotencias que nos cierran el oído a la música de las olas y del viento; siembra esperanzas de amor donde la generosidad nos permite amarte porque te amas y nos alienta para pedirte que te ames cada vez más; nos hace vislumbrar que hay un lugar propicio para empezar, para continuar, para amar, para terminar, para morir, para regresar y para comenzar de nuevo; nos dibuja paisajes donde, bajo sepulturas de piedras iluminadas con tintes ocres, amarillos y rojizos pintados por un atardecer, reposan nuestros recuerdos, nuestros anhelos, nuestros sueños y nuestros proyectos germinando para brotar como árboles dispuestos a desafiar a las nubes; nos coloca en un jardín donde vuelan mariposas obreras que, como el Rey Midas, todo lo que tocan lo convierten en flor y nos invitan a hacer lo mismo en nuestro cotidiano y, entonces, santificarnos con el trabajo que nuestra vocación nos dicta; nos hace volar con esas mariposas para tratar de descubrir cómo estamos construyendo nuestro motivo de muerte y cómo logar que ésta esté hechizada por la vida.

Dice Bribiesca que el poeta es como la sartén que modula las palabras y las convierte en poesía y él es un excelente cocinero: mide cada palabra, sin dejar caer ninguna para que se consuma en el fuego; las adereza con ritmo y con cadencia para que entren en el corazón y en el cerebro del lector; incorpora matices de colores para iluminar sus poemas y saca del horno escritos-poesías que nos alimentan y nos permiten recuperar las fuerzas para ver al mundo, a este mundo que nos ha tocado vivir.

Si usted que me está leyendo decide leer estas poesías, le aseguro un banquete delicioso de palabras, de figuras retóricas, de sentimientos y de pensamientos decorados con los colores de la alegría y sacadas de la paleta del compromiso social del poeta; le garantizo el recorrido por un camino donde se encontrará con una fauna que está ahí, revoloteando en cada poesía buscando unos ojos, un cerebro o un corazón donde anidar para generar conciencia; va usted a descubrir si cree en Dios y si vive la vida siendo el conservatorio eterno y luminoso de un renacimiento que nunca termina o sólo está desperdiciando su existir. ¿Todo esto logra Bribiesca con sus poemas? Sí. Y lo logra porque cree, cree en el ser humano y cree en el tiempo, cree en los sueños y en las esperanzas, cree en la amistad y cree en la poesía. Vivir creyendo es moverse, es comunicar, es vivir creando.

Muy estimado Maestro Miguel Ángel Bribiesca Acevedo, larga vida a su inspiración y a sus poemas; yo espero que trasciendan en el tiempo y en el espacio: sus lectores se encargarán de ello. No le dejo nada con esta *Presentazione*, al contrario: me llevo el goce estético que me provocaron sus palabras y refuerzo mi compromiso personal, histórico, gremial, vocacional y social para seguir siendo humano, para seguir creyendo, para seguir buscando la belleza en lo cotidiano e intrascendente de mis días, para seguir amando y para seguir viviendo. Gracias por compartirnos su prolífica vocación de poeta[3].

Dr. Jaime Magos Guerrero
Febrero de 2022

---

[3] Se lo advertí, Maestro. Hay mil personas que pudieron haber introducido sus poesías a su público desde una perspectiva más académica, más científica, más literaria... Usted se lo buscó.

PREÁMBULO

"Mentira de Poeta" es una obra que hace un llamado a valorar la vida entre los escombros discursivos de la muerte. En un mundo neoliberal, donde abunda lo superfluo y perecedero, aparece este poemario capaz de transportar al lector a las profundidades y cadencias de lo etéreo, a la lucha interminable entre el dolor y el placer, entre la vida y la muerte, donde además la muerte no se presenta como sinónimo de fin, sino de inicio.

Miguel Ángel Bribiesca Acevedo es un psicoanalista de origen michoacano nacido en el año de 1963, quien incursiona en el mundo de la poesía en un momento sensible de su vida. El autor no se autodenomina poeta, sin embargo, posee la brillantez de plasmar en este libro de sesenta y un poemas todos los matices de la existencia del ser: sus amores, sus vibraciones, sus desilusiones y sus muertos; todo escrito de manera magistral.

Con la lectura de cada uno de estos poemas, el lector puede sumergirse en las profundidades de las almas que miran con contemplación el vaivén entre la sabiduría, el dolor y el gozo humano. Desde una posición de profundo respeto y admiración por los sentires espirituales y las contradicciones del alma.

Así que escribir sobre este libro de poesía no es tarea fácil, sobre todo cuando el poeta utiliza la palabra escrita con tal profundidad que la interpretación del lector no alcanza para resignificar tanta belleza. Leer "Mentira de Poeta" es un escape forzoso si quieres volver a conectar con tu lado más profundamente humano.

María Guadalupe Araceli Bravo Orduña
Psicóloga por la UAQ, Maestra en E.U.R. por la UAEM.
Defensora de los derechos de las personas con discapacidad intelectual.
Actualmente directora en el Arca en Querétaro, I.A.P.

Santiago de Querétaro, Querétaro a 26 de febrero de 2022.

ADVERTENCIA DEL AUTOR

La poesía sólo existe si hay lector. Leer poesía y escribir poesía es lo mismo, pero en diferentes tiempos. Se escribe poesía en el tiempo suspendido de los acontecimientos de la soledad frente a las palabras y las cosas. Cuando el recorrido vital nos ha llevado hasta la isla de las interrogaciones se lee poesía. Ahí es posible encontrar la poesía como el mensaje dentro de una botella. Todo lo que el lector lea aquí es eso, mensajes del naufrago en las olas rítmicas del lenguaje. Se le advierte al lector que aquí no encontrará justificación alguna para morir, todos los mensajes están construidos en la desesperación que provoca el estar extraviado en los laberintos del sentido. De una u otra manera cada quien ha dejado un mensaje de aliento, de alegría, de tristeza como un guiño de sobrevivencia a los momentos privados donde lo que nos ocurre nos deja sin aliento. Sin más preámbulo, entrego aquí sesenta y uno mensajes entre la poética y la retórica, deseando lleguen al diván del lector.

Miguel Ángel Bribiesca Acevedo
8-10 de marzo de 2022
San Juan del Río, Querétaro, México

ESCRIBIENTE

Entre la sombra y la pluma
hay un escribiente camaleónico,
un potente mar de palabras
lo despierta a todas horas,
un llamado que no cesa
le hace imaginar testamentos
para la sucesión de la estafeta,
complicidades en los enigmas del mundo,
secretos perdidos de la insistencia.

Eso de ser escribiente de la vida
transforma sus vértigos mortales
en centinelas insomnes.

No es en el dormir tormentas,
no es en la preocupación de los azules,
no es en la larga espera de milagros,
es en los tratados del soñar
donde la livianez de su pluma
se ve abrumada por el canto interminable
de un pájaro de mil colores.

CINCO CHARLAS

En mis sueños de cosmonauta
un desierto sediento charla
con un cometa que cae,
uno dice: "Sigue caminado",
el otro contesta: "No esperes más".
En mi ambición de gozador
una cascada a la deriva
charla con un águila que pasa,
una dice: "Observa, todo es movimiento",
la otra le contesta:
"Siempre vas en dirección al futuro".
En mi casa de confinamiento
un fuego de hogar charla
con un viento de invierno
que se cuela por la ventana,
uno dice: "Aquí hay una paz
que reflexiona", el otro le contesta:
"He visto cosas más allá de tu paz".

En mi alegría de libro viejo
una amistad azul charla
con un adiós de marinero,
una dice: "Eres bienvenido
con tu mar", el otro le contesta:
"Arrulla en tus brazos la esperanza".

En mi abstinencia
de comerme al mundo,
una serenidad de cielo
charla con una luz de sabiduría,

una dice: "Hay sombras
que vagan juntas", la otra
le contesta: "Siempre hay cicatrices".

GRIETA

Hay una grieta de manos
en cada despedida,
una miel de luz se cuela
entre la sombra y el adiós,
cada quien se lleva su suerte,
su herida de ser marcha,
de ser eclipse en la noche sin sol,
de ser mueca de recuerdo,
de ser paseo de fantasma.

Hay una grieta de mejilla
en la detención del tiempo,
se escucha una canción
entre cada hoyuelo del destierro,
siguen nutriéndose los ocasos
con una promesa encendida,
un anochecer vigila
a la estrella fugaz que nunca
se detiene a mirar si la miran.

Hay una grieta de arrullo
en cada ojera de la noche,
se interrumpen los sueños

en el oído severo de la ventana,
los ríos quieren regresar
al rocío que los vio nacer,
el alma zumba y trabaja
en una celda llena
de abejas extraviadas.

Hay una grieta de corazón
en cada llama que se apaga,
se entinta de silencio
el canto del búho,
todo sigue pareciendo irreal,
un dejo aletargado insiste
en voltear el reloj de arena
mientras el mensaje frío
de la grieta silba en soledad.

CONSERVATORIO

En pleno insomnio frío
he buscado el perdón
de las flores,
he adulando tanto su sonrisa,
he entintado tanto su rostro,
he eclipsando su imagen
con palabras vacías,
creo que les he faltado
al respeto, ellas no saben
el enigma que corroe mi alma:

4

¿Las flores nacientes
en un poema son la verdadera flor?
¿La belleza de una flor corresponde o no
a la palabra que la engalana?
Estoy sintiendo esto porque
lo expongo, sépanlo,
me disculpo, no juzguen
al de corazón de jardín,
lo que transcribe
no es la realidad,
sólo es el filtro pasional
de lo que admira,
y ustedes, las encantadoras flores,
son el conservatorio
luminoso de los renacimientos eternos.

ABEJA AZUL

Hoy me he despertado
a mitad de este jardín
que conduce a mi última colmena,
lo hago de vez en vez
cuando la Luna
se me sale por las entrañas
y un poco de miel
tiñe de alegrías mis recorridos.

Mis pasos de recolector
se preparan para el último escalón de su extinción,

pronto llegaré a ese estado donde doblaré mi sombra,
la envolveré como regalo,
le haré un nudo ciego
para que jamás
se vuelva a desatar
queriendo salvarse
de su estulticia extrema.

Sé que siempre seré un zumbido
entre las primaveras,
siempre estaré llegando
en zigzag a lugares
donde las flores
me darán la razón
del que deja su mensaje
sin imagen en el espejo.

En este penúltimo escalón
de mi extinción
tanto ha subido la espuma
de mi certeza
que ahora escribo un testamento
como una herencia
del esplendor de una abeja azul
vivaz y extenuada
que danza en su linaje
con el látigo de su miel
entre sus trazos
y el polen imperecedero
entre sus fines.

DECLARACIÓN DE FIDELIDAD
(Fragmento de un corazón hallado dentro de un manuscrito)

...en las noches de mis tropiezos sobre mis canas,
en esta vida donde ha sido un resplandor de honor
coincidir contigo,
lo he sabido.

El verdadero enigma de mi amor
ha sido responder a la disyunción:
¿Te amo porque me amas
o te amo porque te amas?

Yo no quiero que me seas fiel.
Deseo que no te equivoques, que no olvides tus alas,
tus decisiones, tu amor a la vida.
Deseo que tu aliento sea serte fiel a ti misma
porque sé que si fueras fiel a mí
entonces mi egoísmo eliminaría la libertad de tu vuelo.
Por favor, evítame la pena de convertirme en un tirano de tu
vida.

Sé fiel a ti misma.
Eso es lo que amo de ti:
tu verdadero vuelo,
tus verdaderas piruetas,
tu libertad puesta en práctica
sin que yo te estorbe.

En verdad yo te amo porque
te amas más allá de todas las dificultades de la vida
incluidas en ellas mi egoísmo.

LA ÚLTIMA FLOR DEL OTOÑO

En silencio y con frío
la última flor del Otoño
se despide,
árboles casi desnudos
le ofrecen una danza
de hojas coloridas a su alrededor,
con agua helada de rocío
baña sus mejillas,
un prisma de sol
aún hace brillar
sus días de belleza,
no se quiere ir,
había llegado al alba
como una elegancia
de renacimientos,
había derrochado su encanto
como deleite en el jardín
de las mariposas caídas,
había atrapado
entre sus sonrisas
las puestas de sol
más hermosas.

En silencio y con frío
la última flor del Otoño
se despide, su testamento
es una estrella fugaz
de insistentes deseos
para el gélido Invierno
que se aproxima.

RECIPIENTE

No me llamo como me llaman,
dicen que tengo un nombre,
me han nombrado
con un puñado de máscaras,
he buscado algo de sustantivo en mí rostro,
soy nada de nada,
soy un hueco preparando un eco,
mis nombres reptan por sobre
el deseo de continuidad,
eso de llevar un nombre
me hace un vendaval,
un aliento,
me hace una intención
de permanencia
que se desvanece
en la profundidad
de la cavidad que soy,
soy un continente
con cuatro puntos cardinales,
soy agua agitada
en las grutas desvanecientes,
soy tierra hecha de árboles caídos
sobre una alfombra de ilusiones,
soy aire, soy viento,
soy murmullo en movimiento incesante
transformado en fuego,
soy un recipiente lleno de cenizas
de equivocaciones.

POEMA PARA VENCER AL MAR
(Nota hallada en una botella de licor)

En el temor y temblor
de mis finales,
en el sano uso de mi omnipotencia de náufrago,
en el desenlace aciago
de mi expedición,
en mi vértigo de marinero terrestre,
no pido mucho,
tanto se ha hundido mi barca
en este huracán
de profundidades
que he decidido vencer al mar
conteniéndolo en la palabra exacta
de su bravura: Bostezo.

Eso es el mar, un eterno bostezo
que no termina nunca
su inspiración. Afirma, niega,
se apacigua, se enfurece,
no descansa, sufre de insomnio,
no deja a la tierra soñar.

Es por eso que al mar
lo quiero ver trepado
en un árbol lleno de rocío
atemorizado por la sigilosa mirada
de un tigre de montaña
trovador del diluvio universal.

Al mar quiero verlo extenuado

subiendo hasta el alto Everest
para ver cómo son su tremendo bostezo
deja ahí sus viejas fotografías llamadas fósiles.

Al mar lo quiero ver en la calma de un sueño
que meza apaciblemente
los deseos imperdonables de los Dioses.

Al mar quiero verlo contenido
en la belleza de una pintura
que detenga su implacable trabajo
de convertir la roca
en reloj de arena.

En fin, en mi deseo de derrotar
al mar, desde la tierra que piso
le ofreceré a su bravura
una paloma con una ramita
de laurel en su pico,
esa será mi paz encontrada
frente a su diluviante bostezo.

SI TÚ ME DICES

Si tú me dices: "Hoy es la primera vida del resto de nuestras
vidas",
creeré en tus palabras,
entonaré el frenesí jubiloso
del corazón, me dejaré embargar por tu espíritu sublime,

por tu cabellera de viento,
por tu soplo sanador de realidades.

Si tú me dices: "La Luna está hermosa",
llevaré tus palabras rojas en mis mejillas,
se pintarán mis intentos de la tonalidad de tu risa,
llenaré de flores mis abismos,
seré la mañana rosada de tus atardeceres.
Si tú me dices: "Agradece al mar de tus pasiones",
creceré en tus palabras al lado de las verdades del mundo,
descansaré mi coraza sobre tu hombro,
estaré loco de contento por haber sido invitado a tu vida
donde fui un caparazón con puertas y ventanas abiertas.
Si tú me dices: "Vuela sobre el abismo de la creación sin
temor",
reposaré serenamente en tus palabras
y al estar incluido en tus oraciones
seré el humo discreto del cirio y el incienso,
una presencia de ángeles
nos cantará un lujo de olvido efectivo
en medio de las sombras eternas del tiempo.

Si tú me dices: "Esparce tu diáspora sobre la tierra",
me quedaré como ceniza volátil en tus palabras
para llegar a los lugares altos de las montañas,
rodaré sobre acantilados de sabiduría,
te llenaré de bendiciones al recordar efímeramente
que un día fuimos un libro sobre la cama.
Si tú me dices: "Vete, ya no tienes lugar aquí",
imploraré en tus palabras, me iré sobre golondrinas
que no regresan más,
esperaré la creación de una nueva Pangea

que una nuestros continentes distanciados,
dejaré como testamento el arte de perdonar
nuestras impotencias y nuestras imposibilidades.

LÁGRIMAS

Tengo un lugar propicio
a los inicios
donde he llorado mi nacimiento,
mis lágrimas alimentaron
los abrazos de mi arrullo con reverencias,
ternuras del árbol
de la vida acariciaron
mis bondadosas expectativas
engendrando el polo de atributos
que le dio forma a mis rostros.

Tengo un lugar propicio
a los amores
donde he llorado con alegría,
la fiesta de mis lágrimas
aceptó que la persona
que llega por el camino semejante
es la persona correcta,
el recato de mi cuerpo
se ha desnudado frente
a ángeles de armas flamígeras,
he gozado con ellos
los diferentes lados del deseo

recreando la libertad dentro
del fuego de su hoguera.

Tengo un lugar propicio a despedidas,
ahí he llorado de muerte,
mis lágrimas han sido la combustión
de mi realización vital,
mis dolores de parto
son mis dolores de parto,
al final recuento apogeos y decadencias
con el afán de rehacer lugares de felicidad.

Tengo un lugar propicio
para otra vuelta de tuerca,
mis lágrimas regresan de la esperanza perdida,
los relojes retroceden
para condensar mis instantes en un Universo
donde se contrae la audacia de mi expansión,
entretanto, un nuevo abrazo vuelve a revivir
mi polo de atributos.

CANTO

Cuando a uno le han volado
el asombro y la sordera,
cuando uno ha sido inundado
por una notoriedad acústica
venida del discreto cosmos,
cuando el canto y el silencio

se enamoran en alto diapasón,
brota una voz armoniosa
convertida en universo,
crea un manto de percusiones
de lo bajo del valle
a lo alto de la cresta,
de la extensión del júbilo
a la contención del llanto,
su destello de voz y su tímpano
vibran al unísono, cada nota,
cada fuente de su talento
navega por pieles erizadas
de alegría,
¿Cuánta combustión
encuentran las almas melodiosas frente a un canto
que cubre los huecos creados
por la vibración de la belleza?
Uno no puede cerrar los oídos
al rítmico mágico de ese viento,
su público de cuerpos gozantes
navegan esa corriente,
los lleva, les da vueltas,
embelesa los abismos personales
sabiendo que después
de esa tromba incandescente
no habrá nunca más
noches obscuras
en sus címbalos de fuego.

INSTRUMENTO

Yo no escribo la poesía,
yo no sé escribir nada,
sólo es tinta de mis ojos,
hiel colorida de mi ser,
soy instrumento usado
por el lenguaje, son las palabras
las que hablan de esa forma,
dicen que en verso libre,
yo creo que ha de ser libre,
pero libre de mí.

Al menos, eso es lo que sucede,
yo no elijo las palabras,
ellas son las que no pueden desviar la mirada
de la belleza del mundo, entonces,
ellas hablan,
yo soy el instrumento
que ellas usan para crear su belleza,
yo no hablo, yo soy hablado por ellas.

La mejor manera de vivir
que he encontrado
es aceptar mi deber
de ser herido por las palabras,
es decir, esa es mi ganancia,
esa es mi afectación, esa es mi misión.

Yo sólo quiero expresar mi gratitud
a la manera antigua de los sacrificios,
entregar mi corazón a punto de piel,

a corazón punzante,
a pulso batiente de volcán
herido por la vida en erupción.

GOTAS DE ROCÍO

Un bosquejo de melancolía
deposita en sus labios
agua de un pozo
del que nunca han bebido,
una mirada de sol penetra
su íntimo rostro de luna,
hacen el esfuerzo, transpiran,
dejan caer sus pétalos de espejo
sobre la alfombra invernal
del Otoño,
la noche en azul les acompaña
con el tiemblo del viento
en ballet,
se llaman gotas de rocío,
estos duendes en tropel
cargan de perlas diáfanas
la quietud de los árboles,
llenan de pecas traslúcidas
a las adolescentes flores,
depositan pequeños mares milenarios
sobre el trabajo verde del pasto,
esas transparentes
esferas perfectas

no saben que concentran
en sus entrañas
las fotografías
más hermosas del mundo
pintado de amaneceres.

CREDO

Creo en el enigma mortal
del contenido de la piel,
creo que las vueltas del sol provocan
la caída de las hojas,
creo que hay un puente de luz
cuando dos manos se tocan
en los sueños,
creo en la amplitud
de la esperanza sostenida
por las puertas abiertas
de una canción infinita,
creo en el poeta
que cae como un árbol derribado
por la selección natural de la belleza,
creo en la acuñación de la risa compartida
entre el alba y el ocaso,
creo en la silueta que se forma
en los restos decantados
de un café endulzado por la amistad,
creo las variaciones del azul
en el cual reposa la inmensidad

de los tintes del amor,
creo en la iluminación
que hay al final del arco iris
donde un polvo
de bailarina silenciosa crea y recrea
el monumento a los destinos.

ESPANTAPÁJAROS

¿Qué haré si los pájaros ya no se asustan con mi presencia?
Esto de seducir con espanto es una tarea difícil,
sé que cuido el trabajo productivo de otros,
sé que he visto el sol en todos sus ánimos
llenado las copas de los árboles,
sé que la luna no duerme
trasnochando caminos de olvido,
sé del rastro que describe
el viento sobre el trigo.

Los pájaros bailan
sobre mi imagen de intruso
en su alimento,
se ríen en parvadas de algarabías,
realizan piruetas de vuelos
sobre mi frente de sombrero viejo,
uno se ha atrevido
a preguntarme sobre mi edad,
no sabía que un espantapájaros
tiene la edad del sol poniente.

19

Frente a mi ocaso me pregunto:
¿Qué pasa si mi alma ya no quiere vivir en mí?
¿Habrá en verdad un bálsamo
para espantapájaros en desuso?
¿Qué Dios o qué Diosa llenará
de trigo su amor después
de desarmar al que trabaja
con el espanto como seducción?

BELLEZA DEL OTOÑO

Una sepultura de piedras
descansa bajo la sombra del sol,
tintas amarillas, rojas y verdes
humedecen los caminos
ocres de su mausoleo,
la astuta naturaleza se baña
en el manantial de su vanidad,
marchan árboles del Otoño
entre nubes de vientos compasivos,
un manto de frío trae el silencio
de la inmensidad frondosa del bosque,
todo ha sido carcomido
por el paso del tiempo envejecido
para que una alfombra pálida
y hermosa eleve al vuelo
las hojas guerreras
que enamoraron a la Primavera y al Verano,

en su honor se escuchan cantos de fuego
color de neblina
anunciando la llegada
del rostro helado del Invierno,
¿Cómo renacerán las musas
con su magia hacedora de arte
si su apariencia encantadora
ha sido atrapada
en la belleza del Otoño?

TRES MIL EONES

Yo ya me voy,
ya he aprendido
todos tus nombres,
sé que me pides un poco más aquí
donde derramaste con miel,
en el estero de mi soledad,
un lujo de presencia.
Me alcanzarán tus nombres
para extrañarte tres mil eones
y un poquito más.

Yo ya me voy,
te dejo entre las flores
así como llegaste
siendo canto, baile y silueta
de ternura antigua,
no me llevo nada,

sólo este sabor de mar agitado
entre mis manos,
te dejo entre las letras llenas, plenas,
llanas de tus nombres.

JARDÍN DE ROSAS

Viajando de un continente
pleno de sonrisas
a un mar de pasos cautelosos
la mariposa cruza enjambres
de valles ensimismados,
en su vuelo de belleza
despierta siendo
un mensajero fugaz y duradero,
de pronto, así sin saberlo,
se ha encontrado
aleteando y jugando
en un hermoso jardín de rosas.

Un furor de inciensos
la ha inundado,
entre flores habita su alegría,
entre rosas se aprende su armonía,
baila aquí, danza allá,
se ha dejado embriagar
por esa floresta perfumada,
una magia de rosas es ahora
la miel incandescente de su viaje.

No culpa al recuerdo
que se ha ido,
no deja a la paz ilusionada,
todo es belleza
en flor y mariposa,
su zigzagueante vuelo
deja un rastro enamorado
que enaltece al cielo en paraíso
pues todo lo que toca
lo convierte en flores
de ese eterno jardín de rosas.

LIBERTAD DE ÁRBOLES

Existe un tiempo donde
los árboles caminan en libertad
con el sol de neblina ensortijado
entre sus ramas,
esos sabios de los cuatro elementos
se desnudan de hojas y mariposas,
pasean con breves zancadas
entre siluetas de ángeles enamorados,
sus huellas hacen senderos bien definidos
con el color brillante de sus hojas secas
que brincan de bailar
creando las lúcidas veredas del Otoño,
la danza de su hojarasca
se embelesa en una ráfaga crujiente

de viento, con su azaroso vuelo
crean un rostro de viaje
que se parece a encuentros sostenidos
en la duración de un instante de beso,
su vaivén rima una canción eterna
que nunca termina de regresar e irse
por las hermosas veredas del Otoño.

OJALÁ

Ojalá nuestro infierno
esté lleno de libros,
ojalá disipemos la ceguera
de la belleza con cantos y bailes,
ojalá una escaramuza de besos
nos abra el cofre humano
de las bendiciones,
ojalá vayamos directo
a la montaña con la algarabía
de sabernos eternos,
ojalá el canto del cisne
nos agarre en la confesión exacta
de nuestra complicidad,
ojalá el jardín de las delicias
nos roce la piel
y hechice de vida nuestra muerte.

A FLOR DE PIEL

Acá todo se vive a flor de piel,
mi corazón es profundidad
de pozo, su espejo mira fijamente
lo que pasa en el mundo
con esa luna de cielo
donde brilla la vida
en infinito.

Acá mis entrañas no terminan
de crecer para afuera y para adentro,
han echado raíces
sobre las ruinas de un tiempo macerado
por historias tatuadas en mi risa.

Acá se anda insomne
por caminos bordados
con lazos de amar,
ellos le dan aliento al despertar
cuando el alma de los amaneceres rojos
se mete por mis venas abiertas
de ríos y ríos de preguntas.

Acá todo se vive a flor de piel,
mi vida ha sido un rehilete
a los vientos de las bienvenidas,
si alguien llega por mi cielo
lo espera el puente que pulsa
el ritmo de nuestra suerte en compañía,
si alguien llega por mi infierno

mis ánimos lo estarán esperando
con una canción aprendida
a fuerza de abrazos y desabrazos,
pero si alguien llega
por la puerta o la ventana de mi vacío
se verá bendecido por un cúmulo de sentidos
donde todo se inscribe
a golpe de agua de sal,
viento que va y viene,
sol que enrojece a la luna
y hojas de piel de poema.

En verdad, acá se vive todo
a flor de piel,
dentro del pozo que soy
hay una armonía vital
cuando cae entre sus fauces
el secreto de todos los dominios,
su destino maquina
el perfume de una estela,
un eco, un regocijo,
aquí lo memorable
es que todo se vive a flor de piel.

CREENCIA

Y entonces, la existencia sudando de existir
le preguntó a la tenaz y ligera vida:
¿Crees en Dios?

La vida sin chistar contestó:
Si creo en Dios, ¿Dios existe?
Si no creo, ¿Dios existe?
De qué me sirve a mí
creer o no creer,
él existe de todos los modos.
O sea, allá él, allá ella o allá ello.
La vida continuó diciendo:
he buscado en la ciudad
de los humanos
el sentido de las cuatro estaciones,
allí hay mucha distorsión y variabilidad
del ritmo vital,
es por eso que creo en mis pasos
de piedra rodante,
creo en las canas del arco iris
recostado sobre mis campos floridos,
creo que estoy ofrecida
a vivir como un regalo
a la naturaleza.
¿Acaso no soy el constante río
que fluye en la dirección del regreso?
¿Acaso me está llamando a reintegrarme a ella?
¿Acaso me ha encontrado embelesada
girando en la dirección equivocada?
Las montañas me lo han dicho,
alguien o algo me está enviando una señal
desde lo alto de la montaña,
sé que no estoy contenida en un Dios
que requiera de mi creencia.
Creo que seguirá llegando la luz entre los árboles,
algo así como un faro,

una brújula,
una estrella polar,
un regreso al camino
lleno de follaje renaciente.

INCINERACIÓN DE LA MUERTE

Esa seducción de la muerte
no se consume
en el fuego de morir,
un ruiseñor se ha llevado
los pulmones del mundo
para cantar una canción
en un bosque que no existe,
cuando se ha sido
un magnífico sueño
de juventud y enigmas
la solución final evapora
todas las lágrimas del mundo,
sobrevive el aliento,
la risa, la bondad,
el pulso de los corazones
crea una estela
de espíritu y verdad.
Las propias historias llegan,
logran, se van,
suben a lo alto de la montaña
para incinerar a la muerte
con un puñado de miles

de respuestas,
son los ensortijados caminos
los que reúnen a los sí mismos
alrededor de un fuego
que mitiga los rostros
de la reconciliación.
Hay veces que aparecen
sus canciones en sueños
siendo luz, amistad y desafío
entonces un correcaminos corre
a la prisa de la felicidad
y se abraza a un espantapájaros
enamorado de las palabras
que siempre fueron dicha tendida
en la alfombra mágica
de los cielos.

Son las arenas del tiempo
las que contienen las arrugas
de todas las manos,
ninguna historia se muere
en el fuego de la muerte,
las almas revolotean
sobre su incensario
esperando que una pluma
ligera y liviana
las siga sobreviviendo
de un mundo a otro
como una flor que incinera
a la muerte con su primavera.

¿PARA QUÉ SIRVES POESÍA?

Yo que vengo dibujando
en tus ojos una sonrisa
para que nunca se vaya de ahí,

yo que llevo en mi alma
las hermosas voces
del tiempo logrado
como cúspide vital,

yo que enfoco el ojo
en la dirección del arco iris
para que puedas ver
la colorida vida,

me preguntas: ¿Para qué sirves poesía?

Es como preguntar:
¿Si tienes el fuego
para qué quieres el sartén?
Eso soy, el sartén que modula
el intenso fuego de la realidad
para que tu vida no sea arrebatada
de un tajo y así se construya
como un arte
que valga la pena vivir.

EL ECO DE LOS BESOS

Los besos ocurren
en la frontera de la indecisión y la timidez
como pájaros de luz
que se aproximan sigilosos
al fuego.

Hay besos que acontecen
en el confín
de la confianza y el arrebato
como una herida de labios
que florece entre gigantes.

Los besos besan el borde
de la arena y el mar,
su manto húmedo recubre las batallas del amor
que se va y se viene.

Hay besos que se desviven
en el límite distante de las bocas,
ahí una cordillera carmesí
libra la contienda de los dientes.
Los besos no huyen,
se realizan en la silueta abisal
de los cuerpos
como arañazo que acalora
la lava ardiente de su danza.

Hay besos que dibujan
el contorno diverso
de las pasiones,

beso a beso van tatuando
la comisura indeleble
de los misterios.

Los besos son el lindero
más cercano del recuerdo,
no hay olvido allí
porque una lámpara enciende
las calles felices de la libertad.
Hay besos en la división distante
de las pieles,
cada beso desnuda miradas
con ojos cerrados
dictando arrullos
en la armonía nocturna y perfumada.

Al final del viaje
el eco de los besos
acontece en la separación
agitada de las almas,
todo escampa,
todo apacigua el maremoto
para que una eternidad
resguarde el secreto
de todos los dominios.

MENTIRA DE POETA

Es mentira de poeta, ¿Verdad?
Es mentira de poeta
que llevas una corona mortuoria
sobre tus sienes,
es mentiras de poeta
que te has llevado todos los suspiros
para redimir el ansia pasajera de los ocasos,
es mentira de poeta
que tu risa ha dejado de nutrir de arco iris
el color de las felicidades.

Yo sé que es mentira de poeta,
acá, en mi lámpara interna,
las cicatrices de nuestras complicidades
han creado una ola de cuidados
que se eleva desde tus sienes angelicales
pasa por los suspiros de la tarde
y se deposita en tu risa
que llena de colorido el mundo.

Es mentira de poeta,
¿Verdad?
Es mentira de poeta
que tú ya no me puedes leer
como lo hiciste en esa biblioteca universal
donde nuestro abrazo
nos confesó eternos,
¿Verdad?

OTRO DÍA MÁS

Allí, donde el recuerdo
se hace duermevela,
insiste un pulso de vida
recostado sobre una canción,
de todas las formas del frío
hay un vaho como de aliento
que estremece los huesos
del tiempo,
sin espantarse y casi dormido
un fantasma que lo sabe todo
se deja fotografiar
por los colores del insomnio,
siempre ha sido así,
todo lo que perdura de ausencia
se deposita en el espejo
que se recuesta
sobre el corazón revelador
de las distancias.

Rueda el reloj de la nostalgia,
otro día más
busca a la luna en el cielo,
sus reverencias son alas
de poema que zumban
entre las sombras del amanecer,
sólo es temporal,
sólo un poco allí,
otro día más
trae entre sus auroras
el rocío que espera depositar

en las flores que brotaron
del ocaso anterior.

CERRARÉ MIS OJOS COMPLACIDOS

Una brújula es quien me ama,
un faro es quien se ama en mí,
pero yo,
que los he amado tanto,
en esos instantes que he sido
el escalón de sus propias alas,
agradezco saber el índice de la obra,
admiro saber a dónde no ir en la tormenta,
y así, en la nostalgia del tiempo,
cerraré mis ojos complacidos
por verlos volar
sobre el vacío purpura de sus logros
cuando el paisaje
sea la historia
del destino.

NO TE ENAMORES DE MÍ

Con sonrisas de Luna
y besos del alma
mi vida le susurró a la muerte:

no te enamores de mí
porque vivirás para siempre.

Muerte, si tu amor me elige
tendrás que saber bailar
porque llegaré a tu casa bailando,
te enseñaré a calcular
la dosis de pasión
que hay que ponerle a cada día
ya que habitará en tu zozobra
la agonía de los recuerdos
y en tu boca
la nostalgia se atreverá
a cantar canciones
de amor y de desamor.

Muerte, no suspires por mí,
si lo haces,
se te colará por los poros
la acuciante sabiduría
de leer y hacer poemas,
esa eterna ceremonia
de recordar lo que está sucediendo
en el futuro.

Con sonrisas de Luna
y besos del alma
mi vida le susurró a la muerte:
no te enamores de mí,
las causas y azares
que nadan sobre
las torrenciales aguas

de la libertad
te llevarán a las costas
donde la muerte como tú
morirá lentamente…viviendo.

INSISTENCIA

Desbordándose por los cielos
la noche llega aleteando siluetas
de mariposas negras,
su sigilo se extiende
por la alegría susurrante
de las estrellas,
en la obscuridad
todo sucede sin ninguna prisa,
algo insiste, no se detiene,
un ballet cósmico ilumina
la belleza de lo que ocurre.

El río murmura todo su torrente
a los árboles que lo veneran,
sus venas se vacían
de urgencias, vuelve a fluir,
su pasión no deja de ser
un reloj del ciclo del agua,
todo sigue ocurriendo,
continúan las cascadas del tiempo
mientras en el cielo transcurre
la nota silenciosa y musical de la luna,

incluso una barca nada
contra la corriente,
se agita, sueña, se escabulle,
regresa de su destino.

ORACIÓN

Cuando ya no haya más humanos
espero que haya más humanos.

Cuando se apague
la última nota respiratoria
de la esperanza
espero que los que queden
abran con sus ojos
la caja musical de los amaneceres hermosos.
Qué los que continúen respirando
puedan sentir en sus sentidos el cenit del sol
sobre sus felicidades compartidas.
Que los que persisten trabajando
el mundo con sus manos,
cuando llegue la noche de las oraciones,
puedan seguir maquillando
el rostro de los sueños
con las fases sonrientes
de esa luna que se mete
en los cuatro ventrículos
de nuestra casa.
Cuando el olvido nos llene de insistencia
ojalá que recordemos

que somos herencia
al ir montados en los hombros
de gigantes ancestrales.
Que todos llevemos como marca
en nuestro abrazo
el hecho de que somos
la progresión de los pasos
de baile de la oda a la alegría.
Que a cada uno nunca nos falte
el júbilo cálido
de ser el legado simiente del anhelo,
la palabra y la amabilidad.

¡Que se sigan festejando los cumpleaños de los recuerdos!
¡Que la música universal baile la prosperidad
al ritmo del empeño constante de paz!
¡Que siempre haya alguien
que lleve contento la luz!
¡Que siempre haya alguien
que reciba gustoso la luz!

Cuando ya no haya más humanos
deseo que haya más humanos.

CENIZAS

A mí me ha tocado
ser aniquilado
por el dragón insaciable

de las palabras,
me ha devorado las entrañas
grises y blancas,
me ha birlado el animal vital
de mis peregrinajes,
hace mucho que mi intuición
borrosa de niebla
no se refleja
en la sonrisa del cielo.

A mí me ha secuestrado
una canción aprendida
en el silencio vibrante
de mi timidez,
sus acordes resplandecen
sortijas extraviadas
en las gotas saladas del camino,
mi rostro de fantasma peregrino
la canta a la manera
de un jeroglífico empolvado,
esa canción repite una melodía
que le da forma de sueños
a las nubes oceánicas
donde el zoológico
de mis locuras se cura.

A mí me ha engullido
un volcán de palabras ardientes,
no cesa de repartir compasión
para mis yerros,
con la discreta lava de su sangre
me ha encadenado a la línea necia

de una frase de amor
que se repite hasta el infinito,
sin cuerpo me despide,
sin alevosía evapora
el hielo de mi espíritu,
su erupción final
coquetea con una silueta
de aprendiz de cuervo,
sé que su brillo de matar
vaciará mis cenizas
en los zarzales donde arden
las galantes musas
de los diez mil sentidos.

PINCELADAS

Cuando renazcas vivamente de tus cenizas
trae en tu pecho el escudo de armas
de tu nombre.

Cuando empapes el horizonte de ternura
deja tu mirada sostenida
más allá del vuelo de tus hermosas manos.

Cuando bailes con las hojas felices del Otoño
no olvides el reflejo brillante de tu pelo
en la Luna de Octubre.

Cuando ya no puedas seguir siendo

el encanto vertical del mundo,
anota en tu diario el triunfo de tus decisiones.

Cuando te vayas,
apaga el volcán de los recuerdos,
deja sobre el manto de la noche
el pincel que abre el rostro de tus misterios.

ETERNIDADES

¡Oh, mi cuerpo triturador
de realidades!

¡Oh, mi celda de mareas
al unísono!

Este sentir de amor
se ha desgastado tanto
frente a la piedra insensata
de mi antigüedad.

Nunca sabrá la Luna
que de este lado del Océano
hay un extraterrestre
a años luz de su brillar.

En silencio me acompaño
del martillo de las olas,
sé que terminaré siendo

la página en blanco de la arena
donde todo lo que se escribe
desaparece para siempre.

¡Oh, mis eternidades entrañan
la calle de las coincidencias
entre las sombras del sol
y las luces sonrientes del amanecer!

SEIS SAETAS DE TIEMPO

1

Me ha herido la flecha filosa de la felicidad
cuando en los tonos daltónicos de mi resignación
me fasciné con la danza cósmica de las piedras
y construí ejércitos de libertad
más allá de todos los tiempos
del recuerdo.

2

Una punta de esplendor arañó mi corazón
cuando llegué al puente inocente
de los besos,
ese día no supe qué hacer
con la belleza de la Luna,
ella me contempló con amor,
en ese trance me regresó
la imagen congelada
de mi tartamudeo poético

hipnotizado por su conejo iluminado.

3

El dardo de la perdición ha errado en mí su puñal.
El día que competí en la severa vida
nunca aposté a la ambición desenfrenada
de la ganancia
por sobre el recuento de valores,
por sobre la cartera de trampas,
por sobre el mutismo fundamental
de los silencios.

4

Andando en el blanco de la seducción
conocí a la provocativa flecha de la mentira,
con ella no accedí a favores recibidos
a cambio de ser el elegante imbécil
que ha vendido su alma al diablo corrupto
de la hipocresía.

5

En el viaje sin retorno por la aventura
de los colores del mundo,
jamás me lesionó la ballesta bífida
de los inquisidores que reprimen
todo lo que va a favor
de pasar de un lugar a otro,
es decir, del cambio constante
en la explosión del Universo.

6

Desde los albores de mi infancia,
en la puerta de la inocencia
y en la ventana
de los llantos internos,
nunca negué mi fidelidad
a la saeta de la sonrisa,
esa diana exacta
que cicatriza para siempre
las equivocaciones
del alma.

INVENCIONES

¿Quién en su desvelo
inventó la noche?
Nunca se proyectó el mundo
en tiempos de lluvia,
ni en los tiempos
de amaneceres o anocheceres
la expectativa angustiada
se creó,
un torbellino de nubes
inauguró mares y ríos
en las entrañas estomacales
de los ocasos.

¿Quién en sus ruegos
trajo los días intensos de luz?
Si hubiese sido verdad

un Dios borracho y necio
debió derramar
sobre la mesa de las creaciones
todas las palabras iniciales,
un tufo como de mezcla de amor,
de desamor y de odio
se transformó
en la plaga fertilizante
de todos los campos.

¿Quién es su sana locura
recibió como regalo
de cumpleaños su nacimiento?
Y entonces la tierra
quedó cubierta
de los colores más bellos,
una especie como de luna iluminó
el camino de las esperanzas,
los deseos se estrenaron
creando todas las ausencias
en las edades del mundo.

¿Dónde quedaron los restos rítmicos
de la luz sobre la zarza
que se autonombraba fruto imperecedero?
El mundo ahora se desgasta
en la liturgia de sus horas,
todo despeñadero
ha aprendido a volar por sobre sus paisajes,
un tiempo de morir
se ha convertido en cenizas
y un gato maúlla

la timidez del peso del Universo.

¿Quién se ha llevado la canasta
que contiene todas las promesas
de aquél que dijo
hágase la luz y no se hizo?
No se sabe quién es raíz,
quién es tronco
o quién es rama,
de las flores todo se ignora,
sólo una sombra
se agiliza cuando canta
lo que se abalanza
a ser fondo de mar,
luz de sol
o sueño de cesta de alegrías.

¿Quién demorará en despertar de la muerte
cuando se tengan que cambiar de urgencia
todos los principios, todos los medios
y todos los finales?

FUEGOS

¿De dónde milenios nacen
los fuegos que se encuentran?

Se dan la bienvenida
por un camino de llama azul,

47

se saludan con el pedernal
de sus miradas,
ansían desde el alma un apretón,
se vuelven ciegos de alegría,
su evidente alianza anuda
hilos combustibles
en sus corazones,
la distancia corporal
se achica en su abrazo,
empiezan a respirarse
uno al otro,
anuncian ríos de ausencias,
no pueden evitar
que explote su llama
en la cascada de nostalgias,
se regocijan en su aliento,
se desbordan en un eclipse
de ojos tiernos,
la alondra se hace testigo
en sus suspiros
mientras se suspende
la extrañeza mundana
del abandono.

Su llama inapagable
se inspira para adentro,
se aman en su herida
de soledad acompañada,
los astros iluminados
venidos de lejos
anidan en sus amaneceres
con cabelleras cortas y largas,

en cada avance que dan,
en cada historia
compartida y creada
su huella no retrocede jamás,
la vereda celeste
de los cerezos en flor
se ciñe a sus cienes de gloria,
se van pescando secretos
cómplices de sonrojo,
se van apaciguando uno al otro,
buscan alejarse
de los juicios severos
para encontrarse
en el constante anhelo
de ser fuego,
de ser llama,
de ser la chispa
inhalante de su pulso.

¿De dónde milenios nacen
los fuegos que se encuentran?

EL VUELO DE UNA HOJA

En el temblor silencioso
de un murmullo
una hoja de vida concluida
se precipita a la tierra,
su trayecto suave es arena

en el estrechamiento del reloj,
cierra las pestañas de los años
como abanico de una era
que se encierra en sus rincones,
nada lo impide, nada le estorba,
no hay viento, hay tiempo.

En una hoja que se deja caer
hay un tumulto de eones,
ellos se han negado a ser niebla
de una deidad entumecida,
dentro de su templo la luna brilla,
matiza a esa perfecta aventurera
de las estaciones despiertas,
un resoplo del bosque
la hace vibrar,
la hace música indescifrable
de dinosaurios que duermen
sobre las estepas de la ficción.

El tono de una hoja que cae
es hojarasca,
las vueltas del sol
miran de soslayo su belleza
mientras sus urgencias
la hacen ser
mariposa corta de vuelo,
una noche sin luz
la ilumina como folio de viento,
todo lo llama su combustión interna
para realizar el júbilo de su tersura.

El vuelo de una hoja
decanta los nombres de la tierra,
ese sable es una abuela
derrotada en su victoria
por saciar el hambre inmemorial
de los regresos,
la libertad de ese trayecto
alienta a una hembra que despierta
de la mentira de ser costilla,
esa aventura desprendida
se mofa del hombre esclavo
de su propia omnipotencia
al olvidar su ser de humus.

Una hoja que cae
encuentra su destino
en el momento exacto
de su viaje,
su caída libre
es el constante fluir
de su renacimiento,
el alivio ocurre cuando aterriza
con todo el progreso
de su muerte,
ahí, las luciérnagas vuelven
a iluminarse una vez más
sobre sus cenizas.

SUICIDA

Quizás se había extendido
su reinado más allá de su juventud,
donde las cumbres veleidosas
tiraron sus desencantos
y llenaron con su gota el vaso
que se derramo en sirenas.

Quizás la lengua de su lumbre
había inflamado sus bosques
de misterios innombrables,
llevando los signos suicidas
de un Dios inexplicable
que se tardó en regresar
del limbo de su ausencia.

Quizás sus piensos
eran la gloria de otros tiempos
sin lugar en esta vida,
tal vez en la historia
del retorno de las nubes
sus ojos se humedecieron
con un incendio
que quemó sus naves
para nunca más volver a estar triste.

Quizás las distancias de los mundos
le llenaron de idiomas
las comidas rápidas de su reloj
donde una raya vertical era su muerte,
una raya horizontal fue su tierra

y un punto fue el cielo de sus confines.

Quizás sus dominios
tuvieron fecha de caducidad
porque los insultantes comentarios de la realidad
le trajeron pájaros de plástico azul
para construir edificios
que se cayeron a la hora
de su despechado vuelo.

Quizás ha llegado
a su destino inefable y silencioso
de un poema sin rostro,
quizás la luna ya pueda salir
sin hombre y sin Dios,
quizás ninguna letra
ha quedado en su epitafio
de cenizas voladoras,
quizás el desdén
con que la realidad lo trató
es la verdad del mundo,
quizás su música se sigue escuchan
como un eco de lo que nunca más
volverá a suceder,
quizás estos versos
se devanen en seguir buscando
el camino que se bifurca
en su llama inapagable de despedida.

NO VENGAS

Todo es tan solo aquí,
no vengas a la religión,
quédate del otro lado,
aquí no vive el padre,
ni la madre, ni el hijo.

Todo es tan solo aquí,
no vengas a la magia,
no cruces el puente,
aquí todo cambia,
nada permanece.

Todo es tan solo aquí,
no vengas al arte,
no saltes al paisaje,
la velocidad es tanta
que no hay lugar para un sitio.

Todo es tan solo aquí,
no vengas a la ciencia,
guárdate en tu secreto
de ser repetición,
la metamorfosis es perpetua aquí.
Todo es tan solo aquí,
no vengas a las dudas,
abrígate en tu estación cálida,
aquí hay una nieve perpetua
en constante blanco.

Todo es tan solo aquí,

no vengas al tiempo,
se llama pasado,
se nombra futuro,
se presume presente,
pero sus manecillas
giran y giran sin fin.
Todo es tan solo aquí,
no vengas a la belleza,
no salgas de tu confort,
aquí nunca se marchita la flor,
pero jamás su nombre
es tranquilo y claro.

Todo es tan solo aquí,
no vengas al mundo,
el big bang nunca se detiene,
no hay un bálsamo aquí,
todo es explosión constante
de creación irrepetible.

UNA FUERTE LLUVIA

Una fuerte lluvia
es intensa
como el bochorno
de besos jamás dados,
sus gotas tardan en caer
sobre el polvo
de una cita abandonada,

sus charcos,
sus ríos,
sus humedades
se bañan en la timidez
de un sueño interrumpido,
todo lo empapa,
todo lo derrite,
en sus aceras mojadas
los lazos del amor se tensan
con la cobardía de labios
que se callan todo.

Una fuerte lluvia
cae desde las nubes grises
del mar de las promesas,
los encuentros titubeantes
se remojan cautelosamente
en su aguacero,
en los techos de su estruendo
se arremolinan sombras
de tranquilidad inaudita,
con disimulo
sus propuestas de olvidar
se despiertan
con la luz de sus rayos
caídos y vencidos,
esa lluvia viaja,
se precipita,
le urge lubricar
el portal del tiempo agotado
en la esperanza de renacer.

Una fuerte lluvia
sacude los meses guardados
en los cajones morbosos
de los placeres,
su calendario arranca de cuajo
las manos maceradas
en recuerdos,
en sus marcados diluvios
sus aguas divididas granizan
entre aceptación y rechazo,
esa lluvia que cae es homenaje,
es sonrisa y elegancia,
es el transporte discreto
de las tormentas del corazón,
llega para despedirse
y se va,
y se va
y "se evapora".

UN GUIJARRO

Un guijarro ha sido el rostro adusto
del tiempo,
ha volado incandescente,
ha rodado en voladeros,
ha renacido en la escultura
de un copo de ternura,
se escabulle veloz
por sobre las olas del río,

tenue como la tierra,
crujiente como el momento
de su fractura,
arde en su amor por las nubes,
se detiene ahí
donde no hay sombra,
se agita en su ser final
de ser arqueología:
¿Qué manos forjaron su figura?
¿Qué parte de la naturaleza se cocinó en él?
¿Qué espera en su paraíso de olvido?

Un guijarro herido de sin sentido
se transforma en tepalcate
oculto de los enigmas,
tendido en las sombras
del camino
la expectante luna lo acaricia
con su menguante cuarto,
la gota de un rocío lo humedece
mientras él llora
la infinitud de su espera,
no volverá el fuego a consumirlo,
no será colocado admirablemente
entre las cosas necesarias,
no llegará jamás a su geriátrico museo,
en su soledad,
acompañada de polvo,
será la tumba
de una obra concluida
en circunstancia.

Un guijarro feliz,
en la antesala de lo nimio,
construye galaxias
de preguntas sin respuestas,
forma planetas
donde las plantas
crecen respirándolo
con venerables abrazos verdes,
en el huequito del polvo
se detiene,
es una era,
es un péndulo,
es la alegría del haber sido,
es el fracaso de toda tumba
porque transporta en sus venas
la sangre delirante del pasado,
un guijarro pequeño y sin boina
cabalga en la silla universal
de lo que fue,
sin saberlo
es la semblanza
solemne
de la perpetuidad.

UMBRAL

Aquí, a la altura del mar
y en mi estatura de insomnio,
espero al sol
a la velocidad del amanecer,

viene envuelto
en el azul de nubes inmortales,
me cobija el viento tenue y
cálido del oleaje,
la benevolencia del sol
hace que no haya sombras
en las primeras horas
de la mañana.

¿Cómo se llama ese umbral
donde inicia la división
del mundo entre sombras
y claridades?

No lo sé,
un humor como de querer saber
despierta,
ahí se encuentra la calma
del ansioso,
hay tantos pesares disueltos
en ese momento
donde se arremolinan
los ecos de las historias de amar,
el silencio expectante dirige
el opus filarmónico de la belleza matutina,
invoca a la música universal con su crescendo,
en ese instante resurge el triunfante ritmo
del himno a la alegría
con el que el sol arrulla
la perseverancia naciente
de la vida.

INNECESARIO

De las cosas que fui
y nunca he sabido
no recuerdo nada,
no recuerdo haber escuchado
la voz del Dios
que creo la tierra, el cielo y al hombre,
no sé nada de haber tallado alguna tabla de la ley,
mis pies nunca cruzaron
un estrecho congelado
de esperanzas,
no recuerdo haber sido sacrificado
en una pirámide Azteca,
nunca escribí los poemas
de un rey poeta,
jamás he sido el verdugo inquisidor
que mató la verdad siendo mentira,
en absoluto confabulé
con la ambición
para crear las guerras mundiales,
nunca construí una bomba nuclear
ni ningún virus para crear una pandemia,
de ningún modo he sido
la tormenta que asola
a todos los suicidas del río Han
y el mundo,
en ningún momento de mi vida
aprendí a volar un avión
para estrellarlo sobre edificios altos,
en absoluto recuerdo
haber construido

campos de exterminio de humanos,
no sé si alguna vez moví
el pincel de un pintor sin oreja,
no tengo presente
que hubo unas nanas de la cebolla
que me hicieron llorar
en una ignominiosa cárcel española,
jamás he sido alguien
que ha muerto de amor
en una novela escrita en inglés.
De las cosas que fui
y nunca he sabido
no recuerdo nada,
jamás fui un cuervo posado
en un poema que graznaba
un "Nunca más",
por más que me esfuerzo
no recuerdo haber escrito
algo sobre un Principito
o sobre una Alicia,
me río porque nunca cabalgué como un hidalgo
luchando contra
molinos de viento
para salvar a una tal Dulcinea,
nunca estremecí a la humanidad
con un himno a la alegría completamente sordo,
jamás me recosté en el diván
de un psicoanalista austríaco para analizar
todos los sueños del universo,
no recuerdo nada
de haber llevado
una bandera a la Luna,

nunca fui esa poetisa
que se durmiera eternamente
en el mar o aquella que amó tanto la vida
que se suicidó en su cocina,
jamás vi un Aleph
estando completamente ciego
desde una calle de la Argentina,
dicen que alguna vez canté
una vida en rosa
pero no lo recuerdo,
no tengo presente
el haber traicionado
a una buena nueva
que crucificaron,
jamás me convertí
en el grano de arroz
que alimentó a un iluminado.

No recuerdo nada,
mis miles de años
se esparcieron
por todos los lugares del mundo
pero nunca fui lo que sucedió sin mí,
sé que moriré sin saberlo,
quizás me toqué consumirme
en el reloj de arena
que se arremolina
en el olvido de los idiomas,
me conformo con seguir ignorando
la radiante belleza de lo que no fui
porque sé que la realidad
no me necesita.

LA PUNTA DE LA LENGUA

"Ni estoy bien ni mal conmigo;
más dice mi entendimiento
que un hombre que todo es alma
está cautivo en su cuerpo."
"Soledades", Lope de Vega

Tengo extraviada una palabra que no encuentro,
lleva el nombre de la bestia inefable del abismo,
contiene en lo recóndito de su rastro
una leyenda de risas y llantos,
emerge, viaja, es diáspora,
se lleva entre sus sentidos
la memoria olvidada de mis recuerdos,
cuando logro ubicarle
le pido encarecidamente se quede conmigo
para iluminar mi máscara,
ese espantapájaros de la angustia.

Tengo extraviada una palabra,
desaparece en la hora cero,
le he rogado que no permita
que la lluvia la moje,
como siempre anda sola
ora por todos los inicios
del universo, evoluciona en eco,
se ríe en su refugio,
busca salirse de todos los dominios,
funda el canto de los pájaros
que vuelan sobre los sueños del mundo,
ha tomado el arrebato de los poetas,
los ha hecho desangrarse en su tinta,

los transforma en los peregrinos
de los ocho alientos.

Tengo extraviada una palabra
en el follaje de la biblioteca universal
donde me ha formado
como un intelectual de la nada,
su sombra silenciosa inunda la calle
con el aroma de las pasiones
que todo lo restauran,
nunca llega,
siempre se despide,
afortunadamente duermo, sueño,
deseo el azul de los cielos
para que ella se transforme
en las imágenes que nunca olvido:
un cuidado de la ternura materna,
una hilarante lógica paterna,
el bullicio alegre de mis hermanos,
la mano extendida de mis amigos,
el enigmático compromiso amoroso
de compartir la vida con alguien,
el cobijo del testamento de los libros
y las bahías donde las estaciones
retoñan los colores de la vida.

Tengo extraviada una palabra
en el viaje sideral de mi universo,
ella es mi antimateria,
sostiene lo que soy,
me expulsa de todos los lugares
donde insisto ser,

me acongoja en la belleza de la Luna,
es la causa insomne del poema,
es la razón despierta de los amaneceres,
nunca la encuentro, siempre está ahí,
se va, se eleva, viene, se sonroja,
la respiro en el éxtasis de mi serenidad
posada en su máxima cúspide:
la punta de la lengua
de lo indecible.

AMOR

Siempre estuviste ahí
donde el destino extendía las raíces
de las coincidencias,
una luz con los ojos cerrados
cicatrizó tu paso en beso,
todas las promesas dichas
eran el agua calma de la sed de vivir,
el sol, la luna, los amaneceres preguntaban
por tu noche llena de sueños,
eras la gloria juvenil transformada en lluvia
de toda verdad primera,
un río jadeaba felicidad
arando la tierra que te vio nacer.

Siempre estuviste ahí
donde la fuente de campanas gritaba
a los tantos trinos

la extinción de los unicornios,
tu viento inconmensurable
creaba un garbo de cuervos
que volaban a posarse
sobre cualquier busto de Minerva,
estabas en cada vuelta de hoja de la historia,
en cada vuelta de tuerca de la angustia,
en cada canción bajo el farolito aquel
de los adioses,
los campos verdes te acurrucaban
como la dicha parida de los dioses.

Siempre estuviste ahí
donde el rastro perdido de la esperanza
se hechizaba en una luciérnaga
que alumbraba los caminos extraviados,
has recorrido leguas de jardines
que se bifurcan,
el color de las almas enamoradas
flameaba tu nombre,
los embriagados por tus flechas
nunca tuvieron ojos abiertos,
de vez en vez y de dos en dos
acudían al derrotero inevitable de tu sonrisa,
un polvo como de tu cremación
esperaba en la esquina
de la libertad
el apacible rayo de tu presencia.

Siempre estuviste ahí
viendo reposar al extenuado existente del amor,
sabiendo sus sueños y cantándolos.

EL CAMINO

El camino tiene vida propia,
me detengo a contemplar
sus coloridas estaciones,
el camino está en constante movimiento,
hay polen de risas,
hay pétalos que nunca he visitado,
el camino viaja con su propio corazón,
cuando regreso a él ya no estoy,
una música de lluvia
lleva un bosque como de viento
de haber retoñado,
el camino marea mareas,
es un mar chocante y severo,
me quedo boquiabierto
al vuelo de lo que no retorna,
voy, vengo, me suspendo,
regreso al camino
y ya no es el mismo,
el camino siempre me hipnotiza,
soy su acelerada pasión.

El camino usa un idioma
que no entiendo,
no nos entendemos,
cada paso dado,
cada palabra dicha,
cada voz proferida
me dice que no soy yo,
como el camino corre
y no me espera

sé que no he sido
el que nació un domingo
a las cuatro de la tarde,
no he sido el que ha llorado en el pasado
los domingos futuros de mis muertos,
no he logrado ser
el que sosteniendo una mano con mi mano
mantiene la vida,
soy el extranjero de un aliento
en el beso que nunca ocurrió,
me sostengo siendo
el alimento palabrero del alma,
he venido aquí sin saber qué soy,
el camino se mueve
y yo queriendo detenerlo desaparezco.

El camino es raudo y lento,
no me espera,
no lo he perdido,
él me ha dejado,
me abandona en mi incomprensión,
el camino siempre
es iluminación,
yo soy el descarriado
al quedar detenido y fascinado
en su belleza.

DIVAGACIONES

Divago en la tarde colorida,
voy a mi corazón blanco de espanto,
las cicatrices vuelan como ángeles
alrededor de un viento inoportuno,
he sentido la cuerda floja y tensa de mi telaraña,
el espejo profundo del tiempo
crea un charco de añoranzas suspendidas en el aire,
más allá del abismo
se me extravían
las certezas de la permanencia.

Divago en las entrañas
de una nube,
todas las calles desembocan
en un aguacero de recuerdos,
sé que he sido el papalote agitado
por una pandemia de abrazos extraviados,
las palabras de amor no se detienen
en mi cubrebocas,
mi enfermedad de suspiros
acompaña estos lerdos pasos
de anemia,
ellos buscan dar el brinco
a la extrañeza de mi alma.

Voy a oscurecer bajo el asombro de un árbol,
me colaré río arriba,
dejaré caer mis alaridos como pececillos de colores,
un trotamundos me encontrará congelado
en la arena desértica del canto de la sirena,

cundo llegue al borde de mi propio alcance
me acurrucaré en mi tumba,
mi cobija será el silencio sabiondo del universo,
renunciaré a ser la piel mutante de la eternidad.

MIS ELEFANTES

Duermo entre elefantes
que sueñan tiempos
de cándidas compañías,
mis verdades son rojas,
son verdes y amarillas,
la lluvia de estrellas vuela
en estampida sobre deseos
de volvernos a abrazar,
mi manada busca su nombre,
mi manada se extravía
entre empujones de muerte,
mi manada comparte su fuente,
mis elefantes se asombran
unos a otros,
trato de llevar la cadencia
de sus generaciones,
unas se me escapan de las manos
en su juventud,
otras mueren al cruzar
la calle de los destinos,
el invierno no termina de irse,
la primavera quedó suspendida

en la desesperanza,
mis elefantes triunfan como humanos,
se dejan caer
y la tierra retumba en sus centros.

Ahora que he conseguido guardar mis perlas
como lagrimas,
llego al cementerio de cenizas
a avivar la llama,
duermo y recuerdo,
sueño y respiro,
canto y reconstruyo,
¿Cómo serán de esplendorosas
mis resucitaciones?
¿Dónde buscaré el triunfo
de mis reencarnaciones?
¿Seguirán mis elefantes
su estampida rítmica
de inmemorables amores?

Mis elefantes vuelan de flor en flor,
yo me quedo en el envión de la esperanza,
ustedes,
los que ya no me leen,
sigan construyendo esta gran casa de agua eterna
que lleva el nombre indescriptible
de dioses que mueren y resurgen
en lo recóndito de mi corazón.

CORDIALIDADES

Mis manos en señal de casa
te buscan como amado descendiente,
un camino largo de extravíos
sucumbe a nuestros años de historia sin ancestros,
dicen las naves flotantes que ellos llegaron
de una manera cortés a conquistar
tunas sobre piedras,
dice la independencia que un hidalgo cura llevó
el rasgo antecedente de nuestro destino funesto,
así, sin huellas ni señales,
hemos sido los administradores
de toda confusión en nuestra historia.
¿Cómo podemos ser cadenas,
viento y tierra fértil
de generación en generación?

¿Dónde está nuestra dinastía
si ya no recorremos juntos
el mismo camino?

Mi corazón en latido de casa
me encontró
siempre sólo y acompañado,
nadie lo sabe
pero una cobija de retazos
me acurrucó en el nido
de un apellido suicida,
es verdad que desde antes
de mi destino
lloraba los domingos,

fue en las tardes
poniente y naciente
donde aprendí a llevar
como fiebre
la sorprendente vulnerabilidad del agua
que se me escapa
entre mis ríos.

¿Cuándo pasó sobre mi cabeza
ese cuervo blanco
que me ha ennegrecido?

¿Por qué el deseo
se me ha caído con todo y estrella
en mi jardín pusilánime?

Mi edad se me muere contigo
en modo de casa ardiendo
por tu voluntad,
fuimos ingenuidad de zurdo,
fuimos solemnidad
de reverencia,
fuimos la alegría de un rostro hundido
en la frondosidad de libros.

¿Debemos pedir compasión
por habernos extraviado
entre tantas ferocidades mundanas?

¿Hay un bálsamo que nos eleve
a rastrear en nuestra historia
el porqué nos elegimos

para ser despedida
con posibilidad de reencuentro?

Ahora eres mi casa
de ventanas expectantes y piso de tierra,
llevas en tus manos de ausencia
mi hogar de puertas atrevidas
con arrullos de calles solitarias,
es en tu corazón detenido
donde se escucha la cueva endocrina
de amarte sobre olas insistentes,
contigo he llegado a la edad
donde mi morada de peces
sigue huyendo amablemente entre las letras.

¿Qué cordialidades
seguirán volando
dentro de nuestro refugio
cuando llegué la estación
donde te fundiste
con las flores inmarchitables?

PLANETA ERRANTE

En mi pretensión de existencia me desvivo
pensando en qué edad tiene esta tierra que respiro.

¿Cuándo es el cumpleaños de este planeta que se mueve?

Llegué un Domingo de fuego sobre las astas
de un felino que volaba al viento
de una ola de piedad.

El Todo ya estaba ahí.
Estaba la nutriente tierra
de verdes bosques, de ríos en cascada de frescura,
de frutos altos, redondos y alcanzables,
de flores íntimas con sus colores de ojos que nunca se cierran.

La Nada ya estaba ahí.
Un hombre y una mujer al descubierto de su desnudez
con sus palpitantes corazones poblaron de anhelo
todos los caminos que conducen
a la Nada creadora de la belleza del mundo.

Entre la Nada y el Todo
estaba el Cielo.
El Cielo también ya estaba ahí.
Volaban ángeles como nubes sabiondas,
como sombras de desalterar tribulaciones,
como amaneceres hermosos de esperanza,
como atardeceres eternos de instantes,
es más, el cielo tenía a sus dioses sempiternos,
la luna vagaba en las bendiciones del amor,
el sol bañaba de colibríes todo lo que tocaba,
lo intrigante del cielo siempre fueron sus estrellas,
esas cuchicheadoras de los destinos y los desatinos
de la noche,
ellas ya estaban ahí.

Me quedaré aquí, en esta playa de aventuras,

donde me rodean las preguntas interminables del vivir,
sobre esta roca de palabras esperaré a la muerte,
en lo que llega, seguiré haciendo patitos
sobre las mareas del mar endocrino
que me nutre,
en cada día del resto de mis días,
seguiré festejando el cumpleaños de este mundo errante
sin cumpleaños,
le daré y me dará sólo cuatro regalos en bondad:
Uno: la música de su propio viento,
con esos interminables himnos a la alegría.
Dos: los fuegos pirotécnicos de la consumación de la felicidad
haciendo trizas la tristeza.
Tres: las huellas hechas fósiles en la tierra
como marcas de mis pasos agigantados.
Cuatro: la serenidad del agua que siempre se agita
en los tantos tiempos del tiempo.
En mi corroída pretensión de existencia
me desvivo pensando en qué edad
tiene esta tierra que respiro.

¿Cuándo es el cumpleaños
de este planeta vagabundo
que me vive?

ESPEJO DE COLIBRÍ

Hay tantos colores en la intención floral del colibrí,
se detiene al vuelo dentro

de la luz crepuscular de tus ojos,
galantemente nunca has sido flor hermosa de un día,
tu juventud y tu néctar
se han alborotado
entre los universos de ayer,
tus elegantes gestos alimentan el entusiasmo del viaje final
del elefante
que sueña que recuerda,
en tus pequeñas huellas brota
en alegría la felicidad,
cada vez levitas más sobre brasas de cenizas,
en tus labios se encuentran
los años de esperar
las confianzas de su proceder,
es decir, el beso que no llega para matar a la pandemia
de las separaciones.

No sé en qué color te miras mejor al lado de la luna,
tu blanca mano extendida
para espantar angustias
se parece a una paloma en vuelo,
la sombra de tu pelo asombra
mientras tu mirada sostenida fluye entre los tantos mundos
que alejan al espejo de la realidad que refleja,
el color de tus elegidas ropas forma el cuadro eterno
de la musa infinita de un cuento perfecto.

El colibrí en el espejo zumba y rezumba
la imagen delicada de su vuelo,
su música aturde la escalera
que sube a inmensidades
y que baja a realidades,

todo él es triunfo,
es el himno solemne y fascinante
de tu presencia en el mundo,
te llamas pureza
y el eco reclama al mundo su inocencia,
el universo ya no es el mismo
desde que naciste
en el bello amanecer del río
donde fluye el tiempo.

Al final del día no se detiene el péndulo,
en el baño de sol rojo de tus mejillas
queda el rastro luminiscente de tu atuendo,
las pulidas sombras brillan tenues,
tú, triunfante y voladora,
seguirás estando entre la flor y el colibrí,
creo que eres el espejo brillante de su amor.

LA NAUSEA

Nadie tiene la culpa de lo que pienso,
yo quería pensar en un idioma donde las personas no mueran,
yo quería tener una palabra sorprendente para cada apertura de
la flor,
me hubiese gustado deambular por entre murciélagos
llevando en todas direcciones la sangre caliente de palabras
que infectaran de amor mas no de muerte,
creando una pandemia de risas, abrazos y paseos por entre
nubes.

Nadie tiene en tus manos lo que haces,
tu viento de equivocaciones te arrebata la certeza inmaculada
de haber llegado a destino, de un lado a otro tus bandazos,
no tienes estacionamiento permanente
entre tus parvadas de aleteos sin descanso,
tú vives y te mueres sin avisar,
tus palomas de amar viajan entre tus respiraciones que se
apagan.

Nadie tiene la culpa de lo que nosotros sentimos,
nadamos en el abismo desgarrado de un mar agitado
por olas de emociones,
nuestra barca de palabras sucumbe y se levanta,
se adentra, sin saberlo, en la caverna eterna de la
incertidumbre,
sólo un poco de sol entre la bruma nos permite avizorar
nuestros puntos ciegos de amar por entre huracanes de sentir.
Nada permanece,
si es de abrazo se va,
si es de risa se pierde,
si es de promesa
se abandona,
sólo la nausea es la culpable,
su vértigo es el cómplice
desalmado de la vida.

ARRULLO

Cuando mi nombre se moja
en la lista de las perplejidades,
un ligero elefante conduce río arriba
la hospitalidad desbordada de mi corazón,
mis asombros se enredan entre mis manos sigilosas
de ayudar.
Cuando mi nombre aterriza
en las piedras pulidas de la realidad,
el largo viaje de donde viene
realiza el esplendor ancestral de mis raíces,
son el tesoro donde se envuelven
mis años de ocupación bestial del tiempo.

Cuando mi nombre cae enamorado
sobre tu luminoso nombre,
llego a la cumbre de mi condición detrítica de humano,
ahí le pido a Dios que no traicione
la inspiración última de llevarte en mi fortuna
donde olvido y revivo mi insistencia (¿o existencia?)

Cuando mi nombre se cubre
con el velo crujiente de la historia,
ansío quedar suspendido
en las lianas de mis pequeños pueblos,
las alianzas con lo que he leído
llenan mi boca de un manantial
donde brotan alegrías y llantos.

Cuando mi nombre navega
en los vientos sublimes de la frustración,

una voz de gigante se transforma
en el trazo cordial y triunfante de un himno,
nada de lo que he sido permanece,
todo se lo han llevado las palabras,
mis monosílabos me muestran como un lobo
que en lugar de aullar a la luna
la ha arrullado.

Cuando mi nombre aterriza pleno en mi epitafio,
las nubes cargadas de saber
navegan la distancia que nos mantiene unidos,
una lluvia como de llanto
inunda la canción
que nos trajo a ser
imposibilidad de eternidades.

Cuando mi nombre enflaquezca en el olvido
seguiré siendo el espantapájaros
de los pujantes puntos suspensivos.

SUEÑO

Hoy no he despertado,
sigo mirando hacia adentro,
veo colores muy lejanos,
me encuentro viajando
en una hoja seca de fresno,
ella y yo llevamos tatuado
el paisaje

de las montañas del sol.

Hemos sido completamente blancos,
la inocencia de la primera luz
nos hizo respirar,
un rubor rojo se ha adueñado
de nuestros primeros pasos
entre ancestros gigantes,
el verde de nuestro brío
nos ha llevado a cometer presunciones
de creernos vanidosos.

Es en el color tostado de nuestro rostro
donde las satisfacciones
han tenido cara de atardecer pleno,
en el amarillo elegante
nuestra madurez tiene un espejo,
refleja la saciedad del camino andado.

Sabemos, se oculta el sol,
sabemos, la luz oscura nos llama
a la luz luminosa,
por eso en el color
de la hojarasca muerta
renace el vuelo
que levanta hacia
la despedida final.

Hoy no he despertado,
sigo mirando hacia adentro,
veo colores muy cercanos.

UNA PEQUEÑA NUBE

En defensa
de mi abandono
diré
que no he estado
aislado,
en mi camino
de asombros
apareció,
como si nada,
una pequeña nube
vagabunda
en el desierto azul.

Cavilando
en el reloj
de mis canas
y en la juventud
de una flor
en la distancia
de mares,
me preguntó
por ti,

¡Esa nube
es telepática!

Ella lo sabía todo,
no le dije nada,
su bella urgencia
por desaparecer

me mostró
la fugacidad
de nuestro
atrevimiento
de querer
ser eternos.

ENCUENTRO

Cuando llegue a tu encuentro
llevaré gustoso
el regalo de la lozana flor
en alegría,
unos recuerdos antes
de reverenciar tu hospitalidad
mi corazón se acelerará,
no me apresuraré,
dejaré que la vida nos irradie
los colores de la amistad
en este viaje de compañía solidaria y distante.

Cuando llegue a tu encuentro
admiraré tu historia,
con mis brazos de enredadera silenciosa
departiré tus heridas
para poder ver en tu biblioteca
la fortaleza de todos tus tiempos,
respetaré tus palabras,
abonaré peces a tu vivaz entusiasmo

como abejas
que han llenado de miel
la ternura de tus ojos.

Cuando llegue a tu encuentro
me deslumbrará la belleza
de tus copiosos ríos
que han surcado
tu rostro de benevolencia,
me internaré en tu flora
para reverenciar al árbol
de la sabiduría de tus ancestros,
aplaudiré a tus abuelos
el que hayan decorado
tu jardín con el diccionario
de su idioma,
no huiré de la fauna feroz
de tus lesiones
porque ellas le han dado forma
de grandeza
a tus victorias y derrotas.
Cuando llegue a tu encuentro
lloraré de alegría,
yo que he sido el vagabundo agradecido
de la medianía,
le presumiré a todos los vientos
el abrazo cálido de tu libertad,
dejaré el sombrero de mi orgullo
en el pestillo del prejuicio,
con la serenidad de mis años
podré morir heridamente feliz
al haber sido beneficiario

del amparo de tu vida,
nuestras almas arderán
con el fuego sereno
de las despedidas
que no terminan nunca
de abrazarse.

UN LIBRO

Hay un libro que nunca leeré,
se quedará fosilizado
en la sala de espera,
cuando llegue a mi ocaso
dejaré un café caliente
que lo entusiasme,
en las mañanas entrará el sol
por la ventana de su portada,
aceptará el frío
de las miradas que no lo elijan,
él ha sido un Quijote
aprendiz de Principito,
mi olvido lo convirtió
en un conejo con el reloj
en la mano.

Hay un libro que nunca leeré,
sin él, la ceguera de mi ignorancia
seguirá dibujada
en mi mortaja,

me despedirá siendo
el compañero de viaje
acotado en mis hombros,
saldrá volando de mi confort,
me espetará en mi modorra:
¡Yo que he leído todos
tus jardines caídos
en las estrellas
te sigo sosteniendo
como el espejo en la sombra!

MUSA

No me perdones,
nunca me perdones
la osadía de mirarte
con ojos incandescentes de poema,
esa incesante ceguera
me autoriza
a observa al caracol
llevar en sus pasos
su propia casa
de arquitectura perfecta
casi parecida a tus habilidades
hacedoras de bondades,
ese extravío me embarga
de frenesí
al ver con mi euforia
al jubiloso colibrí

compitiendo
con los colores
esplendorosos de tu aura.

No me perdones
el develo y el insomnio
al que te expone mi sueño
donde siempre andas corriendo
tras el cometa de una canción
refugio del alma,
ahí realizas las graciosas acrobacias
del tempo rítmico
de la iluminación del arte.

Nunca me perdones
el llevarte siempre como talismán
a mis mejores batallas
con la realidad
que se jacta de crueldad,
uso tus ojos como soles de inspiración,
proyecto tu rostro
como blasón orgulloso del cosmos
y muevo el pincel espadachín
con la magia de tu belleza
para que todo ahí sea miel, oro y poesía.

No me perdones,
nunca me perdones
el haberte convertido
en la musa del museo
de cada uno de mis instantes
con la naturaleza,

pasa una nube e iguala tu esencia,
llega un rayo solar de todas horas
con la misma luminosidad
de tu nombre,
el poderoso mar endocrino
se calma si apareces tú
con el libro azul de las saciedades,
cuando las flores eclosionan
el viento leve de tu aliento
las hace ver más perfumadas.

No me perdones nunca
el haber transformado
tu vivaz juventud
en el atavío con que arropo
mi corazón de poeta menor
elevado a la altura
de tu hermano mayor.

SERENIDAD

Vengo de lejos y aquí me quedo
en la benevolencia
de los encuentros,
unos pasos de nubes
me han traído
por veredas de extravío,
el sufrimiento gris
ha sido el puente

hacia el bosque
de mi obstinación,
la mañana de entusiasmo
rodeó de un halo verdor
mi infancia temprana
de las alegrías.

Vengo de lejos y aquí me quedo
en la determinación
de la esperanza,
de tantos abrazos,
de tantas distancias
mi corazón se ha devorado
en los besos,
en los adioses,
la punta de mí brújula
indica
un camino bastoneado
por la enfermedad mortal
de la vida,
no he guardado el secreto
de que mis horizontales
llevan la cicatriz de la pasión tenue y voraz contra la
desesperanza.
Vengo de lejos y aquí me quedo
entre las piedras monumentales del deseo,
tendido sobre la arena rodante de mi vejez ciega
y sabia de desengaños,
una tribu de libros ha danzado
la iluminación
de mis tribulaciones,
en mis ojos,

ya con poca vida,
se han revelado los colores
de la belleza,
es en la rotación de las lunas donde he escuchado
el eco de la libertad privilegiada del amar
sin correspondencia.

Vengo de lejos y aquí me quedo
en la tumba central
de mi inapetencia
llamada serenidad,
todos los cantos,
todas las voces,
todas las noches sucumben
a los sueños posibles
de este trapo viejo
que ha tratado
de limpiar el mundo contaminándolo
con el reto de los enigmas.

Seguiré la luz final,
un vuelo como de pájaro
me dejará caer
con una sonrisa
sobre las alfombras olvidadas
de la nada que sostiene
al mundo.

Made in the USA
Columbia, SC
14 September 2023

22867576R00061